【名家诗歌典藏】

# 纪弦诗精选

纪弦 著

长江出版传媒 | 长江文艺出版社

图书在版编目（CIP）数据

纪弦诗精选 / 纪弦著. -- 武汉：长江文艺出版社，
2023.10
　（名家诗歌典藏）
　ISBN 978-7-5702-2468-5

　Ⅰ. ①纪… Ⅱ. ①纪… Ⅲ. ①诗集－中国－当代
Ⅳ. ①I227

中国版本图书馆 CIP 数据核字 (2021) 第 261294 号

纪弦诗精选
JIXIAN SHI JINGXUAN

责任编辑：李婉莹　　　　　　　　　责任校对：毛季慧
封面设计：颜森设计　　　　　　　　责任印制：邱 莉 杨 帆

出版：长江出版传媒　长江文艺出版社
地址：武汉市雄楚大街 268 号　　　邮编：430070
发行：长江文艺出版社
http://www.cjlap.com
印刷：中印南方印刷有限公司

开本：880 毫米×1230 毫米　　1/32　　　印张：6　　　插页：4 页
版次：2023 年 10 月第 1 版　　　　2023 年 10 月第 1 次印刷
行数：4800 行

定价：46.00 元

# | 目　录 |

# 生之箭

薄得像一张纸，
裸着髑髅的青春。
迅捷有如一支箭，
在死以前的生。
薄的纸经不起撕！
生之箭只有一支！

## 八行小唱

从前我真傻，
没得玩耍，
在暗夜里，
期待着火把。

如今我明白，
不再期待，
说一声干，
划几根火柴。

# 风　后

风后的夜空，
朦胧之月如湿的水彩画，
晚饭时的青菜汤，
遂带有几分凄其之感。

# 初　夏

布谷鸟已经开始在唱
她的时新的小调了：
我不知道我需要些什么。

我从静谧的书斋里
踱到院中紫藤的浓荫下，
然后又痴痴地看看浅蓝的天：
我不知道我需要些什么。

# 火

开谢了蒲公英的花，
燃起了心头上的火。

火跑了。
追上去！

火是永远追不到的，
他只照着你。

或有一朝抓住了火，
他便烧死你。

## 四行小唱

愿风吹我到天边，
你们的世界我无缘，
让花开在你们的篱笆下，
我还得找着自己的家。

# 消　逝

像太阳出山又落山，
像月亮东升又西沉，
生命乃默然消逝了。

就没有起过一阵狂风吗？
就没有降过一回暴雨吗？
响一声霹雳！
换一个宇宙！

# 蓝色之衣

（引起如烟的忧思的，
小巷里淡淡的斜阳；
淡淡的斜阳是伤情的，
如妻的苍白的颜。）

归来呀，待你良久了，
想看你蓝色之衣。

你也许悲哀于我之苍老，
我将说那是江风吹的。
我便告诉你几个江上的故事，
而你是默默地倾听着。
然后我们各自流泪了，
而这眼泪又是多么甜蜜的。

归来呀，待你良久了，
想看你蓝色之衣。

# 蜂

一只小小的蜂被关在我的养疴的厅里了，
我看见他艰难地在窗玻璃上爬行着，
而他的浮着下午金色阳光的腹部，
是变成极好看的半透明的茜红色的了。

# 致秋空

你以无限奥秘的蓝色覆盖着我，
覆盖着梧桐树和大地：

倾听你无限奥秘的蓝色催眠歌，
我遂徐徐地阖上沉醉的眼；

梧桐树沉醉于你的歌声，
不停地摇着她的金色的肩膀；

于是，这个灰色而无言的大地，
也快入睡了。

# 养　疴

我把窗儿闭了，
当有微风吹过的时候。
病后无力的人，
如池沼之水容易吹皱：
一阵风来，
吹皱了薄薄的秋衣；
再一阵风，
吹皱了平静的心绪。
于是我默默地躺下了，
让阳光抚爱着我。
十月高空有鹰的悲鸣，
我亦低唱着哀歌。

# 如果你问我

如果你问我："世间什么最宝贵？"
"不是天才，不是智慧，
最宝贵的是你的爱。"

如果你问我："如何方使你满足？"
"最好是有你爱我，
纵然我是天才中之天才。"

如果你再问："假如一旦我死了？"
"那我便毁灭了自己的生命，
而我们将在幽冥中相爱。"

# 脱袜吟

何其臭的袜子，
何其臭的脚，
这是流浪人的袜子，
流浪人的脚。

没有家，
也没有亲人。
家呀，亲人呀，
何其生疏的东西呀！

# 竞技者

生活如一条索，
系在两悬崖之间，
而我辈都是竞技者。

竞技者凭着
两只颤抖的脚，踏过
每一步烦忧的日子。

# 今 天

今天，我沉默着。
我的梦是很辽远。
一旦我的心的火山爆发了，
必给这丑恶的世界
以一毁灭之狂欢！

我怕我的梦一去不复返。
我怕我的心的火山
爆发在虚无的国土里。
就在虚无里爆发吧：
我沉默得够了！

# 爱云的奇人

爱云的奇人是不多的：
古时候曾有过一个，
但如今该数到我了。
我爱那些飘过的云。
奇人总是多幻想的——
我幻想我是一朵雪白的，
高高的，奥妙的云。
我倘能自在地散步于
一片青色的沙漠上，
则我将悠悠地唱一支歌。
那不是你们爱听的。
而我的歌是唱给
一片青色的沙漠听的。

# 竞走的低能儿

在我面前，
他是傲慢的。
他甚至不屑讥我为竞走的低能儿。
他阔步而行，
唱着我不唱的流行歌，
如一阵风掠过我肩膀，
他远了。
然而我亦不屑去追他：
我仅是一个散步者而已；
而况，我有我的歌。

# 小小的波涛

小小的波涛的乳房呀，
起伏又起伏。

微笑的白金的齿。
墨绿的蜷曲的发。

少年人远别了家园，
说是一个海的恋者。

小小的波涛的峰峦呀，
起伏又起伏。

# 致或人

膨胀着，膨胀着，
而且爆炸着，爆炸着，
一个不可思议的螺旋体！
不可思议的螺旋体！

凭了你的直觉，
你的本能，
哦，或人，
攫住它，
而且给我以答案吧；
要正确地，
在你的演草的拍纸簿上，
写下：
生命之 $X''$，及其他具神秘性的数字。

于是，我们说再会。
不要哭泣，也不要留恋。

到没有魔术，

也没有上帝的时候，

当一切天体变成了扁平的，

一切标本鱼游泳起来，

哦，或人，

我们将有一个欣喜的重逢，

在表状行星之最危险的边陲。


彼时，哦，或人，

你是否还记得曼陀铃的弹法，

我不知道；

也许我的嗓子已经哑了，

再不能唱一支三拍子的歌。


而我们是紧密地结合为一体了，

然后，以马的速度，我们跑，

划着未来派的 16 条垠，

投影于一坚而冷的无垠的冰原上。

# 舷边吟

说着永远的故事的浪的皓齿。
青青的海的无邪的梦。
遥远的地平线上，
寂寞得没有一个岛屿之飘浮。

凝看着海的人的眼睛是茫茫的，
因为离开故国是太久了。
迎着薄暮里的咸味的风，
我有了如烟的怀念，神往地。

## 傍晚的家

傍晚的家有了乌云的颜色。
风来小小的院子里。
数完了天上的归鸦，
孩子们的眼睛遂寂寞了。

晚饭时妻的琐碎的话——
几年前的旧事已如烟了。
而在青菜汤的淡味里，
我觉出了一些生之凄凉。

名 家 诗 歌 典 藏

# 狂人之歌

在我的生命的原野上，
大队的狂人们，
笑着，吠着，咒骂着，
而且来了。

他们击碎了我灵魂的窗子，
然后又纵起火来了。
于是笑着，吠着，咒骂着，
我也成为狂人之一了。

# 苍 蝇

苍蝇们从开着的窗子飞进来，
我的眼睛遂成为一个不愉快的巡逻者。
"讨厌的黑色的小魔鬼！
一切丑恶中之丑恶！"
我明知道我这严重的咒诅是徒然的。
而当我怨恨着创造了他们的上帝时，
他们却齐声地唱起赞美诗来了。

# 致情敌

凭了你的出众的膂力与机智，
你很可以攫去她，自我的两臂间。

但你永远不能攻破我们爱情的城池，
因为它是那么坚固，那么永久，
十万个耶路撒冷比它不上。

你亦无法在她心的天堂里作片刻之逗留！

她将紧蹙着双眉如一阴寒的天气，
使你永无看见太阳与蓝天之时，
纵然你使用着谄媚，屈膝如一奴婢。
而在她的眼中，我乃一高大的天神，
即日月与群星亦因我而失其光辉呢。

# 烦　歌

嗟彼七色之太阳，
何其藐小！

纵有九行星不息地绕彼运行，
纵有人类之全历史供彼夸耀，
彼亦只不过是
一个极其寻常的配角而已。

地球：一个配角之配角；
而我：一群无知的原子之偶然的组合。

但我之烦哀的歌声
将使银河黯淡，
而时间与空间之大悲剧
亦将因我之发狂而终了。

# 火灾的城

从你的灵魂的窗子望进去，
在那最深邃最黑暗的地方，
我看见了无消防队的火灾的城
和赤裸着的疯人们的潮。

我听见了从那无限的澎湃里响彻着的
我的名字，爱者的名字，仇敌们的名字，
和无数生者与死者的名字。

而当我轻轻地应答着
说"唉，我在此"时，
我也成为一个可怕的火灾的城了。

# 江　南

江南的水城多窈窕之姿，
一街吴女如细腰蜂，
营营然踏着暮色归去，
馥郁的影子飘过银窗。

# 时间之歌 No.1

沉落下去，沉落下去，
那些是卸了七色之华衫的
全裸着的时间之乐队女。
弹唱着奇迹的太阳系
与整丽的银河轮；
弹唱着此一宇宙之毁坏
与另一宇宙之成长，
弹着，唱着，弹着，唱着，
那些是永不疲倦的
时间之乐队女。

他们微微地笑着，
而且向我挥挥手，
于是沉落下去，沉落下去……

# 时间之歌 No. 2

躺下来，
让时间的骑兵队
从我的孱弱的
胸部的原野上
驰过去，
我缄默着，
而且把我的
每一个幼小的梦
交给他们带走，
因为那些是
既无敌军
复无友军的
不可思议的骑兵队。

# 时常我想

时常，我想，在我的窗外，

应该有一条地平线，一个天，和一个海。

明儿，我将漂流到一个不知名的珊瑚岛，

去听无限的风涛声，

去看海上日出之冉冉。

当岁月之流从爱者的眸子逝去，

我之歌声亦渐敛了。

乃驭着风雨归来，

月夜的窗外，有人鱼之悲吟。

# 雾

那些雾，飘过去，
从恋人的美目，我的眼。

飘过山，飘过海，
将一切野兽，一切水族
染成黑色。

然后又重新飘了过来，
而且把恋人的美目，我的眼
染成极黑的黑色。

# 不朽的肖像

在那不可知的远方之国土，
我将是一个翩然的来客。
那里的人民将热情地欢迎我，
以他们的新熟的果类和酒浆。
我便说一个难人的故事，
充满了哀愁和烦苦。
听者均为之动容，泪涔涔地流下，
然后是齐声的喟叹，
并给我以安静的祝福。
于是我将以繁多的岁月，
组成你之不朽的肖像，
悬于我的陋室之座右，
朝暮凝视着她以终老。

# 独行者

忍受着一切风的吹袭
和一切雨的淋打，
赤着双足，
艰辛地迈步，
在一条以无数针尖密密排成的
到圣地去的道途上，
我是一个
虔敬的独行者。

# 黑色赞美

黑色!
黑色!
黑色!

如果我们的心脏都变成了黑色;
如果我们的血液都变成了黑色。

我们需要一个黑色的太阳,
一个黑色的月亮,
和许多黑色的星星。
至于我们的天空,
也应该是至圣至洁的黑色的。
我们不要昼夜,
不要四季,
因为我们反对运动,
赞美静止。

我们的黑色心脏无搏动;
我们的黑色血液无循环。

我们不朽！

我们的死去的日月和群星，
都是一致的黑色的；
它们静止着，
被嵌在至圣至洁的黑色的天空，
永不沉没。

是的，黑色是不朽的！

# 寒　夜

今晚，我听见了原野上
飘来的幻异的犬吠
和救火车急促的警钟声。
（你怕不怕风暴和夜暗？）
在这欲坠的危楼上，
我时常是独坐沉思着的，
像一个古代的哲者。
我已习惯了这索居的生涯。
如果有一个声音低低地问我：
"你需要一杯热些的茶吗？"
我将回答说我不要。
而你已忘了我心上的寒冷。

# 在地球上散步

在地球上散步，
独自踽踽地，
我扬起了我的黑手杖，
并把它沉重地点在
坚而冷了的地壳上，
让那边栖息着的人们
可以听见一声微响，
因而感知了我的存在。

# 恋人之目

恋人之目：
黑而且美。

十一月，
狮子座的流星雨。

# 奇 迹

在我的禁止通过的
要塞之下，
一个可怜的爱情
被执行了枪决；
然后，我把它的尸体洗净，
而且熏了香，
深深地，埋葬在
我的记忆的公墓里。

# 我之塔形计划

我必须以我之构成诸原子，
我之微小生命，
以及我之巨型心灵，
完成我之塔形计划；
然后立于一圆锥体之顶，
抽着强有力的板烟，思想着，
而且用真实的声音，宁静的声音，
和梦幻的声音，
向一切同时代人和来者，
青的恋人和猫，
和神秘的望远镜，
宣布我之塔形计划。

# 灯

小小的窗，嵌着山的风景绘。山是肃穆的。山顶上有六盏灯。有时是五盏。有时是七盏。但我喜欢说六盏：5 是平凡的数字，7 是太忧郁了的数字，6 才是恋和幸福的象征。

远方的恋人哪，在你的窗外，也有山吗？也有山顶上的六盏灯吗？每夜每夜，她们亮着，优美地亮着。她们使我宁静。她们是星色的，像装点了你的右手的六粒钻石。她们划出了山和天空的界限：天空是紫色的，山是更深的紫色。

在雾的夜，她们变成了微黯的光晕，像从望远镜里找到了的宇宙深处的大星云。

恋人啊，在多雾的岛上，我思念着你哪。夜夜我从梦中醒来，推开窗，凝看着山顶上的六盏灯，直到天明。雾浓起来了：你的啜泣的眼；雾消散了：你的微笑的眸子。

# 我的爱情除以三

我的爱情除以三：
你，工作和烟草。

为你而工作，我说。
于是你骄傲了。
但你却没收了我的烟斗，
使我没精打采，凶霸得
如一善妒的泼妇。

善妒的泼妇是没福的，
因为她不懂
三位一体的哲学。

# 吠月的犬

载着吠月的犬的列车滑过去消失了。

铁道叹一口气。

于是骑在多刺的巨型仙人掌上的全裸的少女们的有个性的
歌声四起了：

不一致的意义，

非协和之音。

仙人掌的阴影舒适地躺在原野上。

原野是一块浮着的圆板哪。

跌下去的列车不再从弧形地平线爬上来了。

但击打了镀镍的月亮的凄厉的犬吠却又被弹回来，

吞噬了少女们的歌。

# 摘星的少年

摘星的少年，
跌下来。

青空嘲笑他。
大地嘲笑他。
新闻记者
拿最难堪的形容词
冠在他的名字上，
嘲笑他。

千年后，
新建的博物馆中，
陈列着有
摘星的少年像一座。

左手擎着天狼。
右手擎着织女。
腰间束着的，
正是那个射他一箭的猎户
嵌着三明星的腰带。

# 七与六

拿着手杖 7
咬着烟斗 6

数字 7 是具备了手杖的形态的。
数字 6 是具备了烟斗的形态的。
于是我来了。

手杖 7+烟斗 6 = 13 之我

一个诗人。一个天才。
一个天才中之天才。
一个最最不幸的数字！
唔，一个悲剧。
悲剧悲剧我来了。
于是你们鼓掌，你们喝彩。

# 足部运动

躺在床上失眠。
窗外：

　　　雨淅沥。

试伸出左足
向上，向天花板
探天堂，探伊甸园，
探诸神之栖处；

试伸出右足
向下，向地板
探地狱，探幽冥土，
探死者之世界。

那些空气让开，
像海浪让开航船，
复又归于平静。

竟没有逢着一位天使，

一羽乐园鸟；
也没有遇见一个撒旦，
一只鬼魂。


只有空气。没有消息。
什么消息也没有啊！


试伸出双足，同时，
向前，向严肃的墙壁
探远方，
探明日。
那些空气让开，
像海浪让开航船，
复又归于平静：
什么消息也没有啊！


窗外：
　　　　　雨淅沥。
躺在床上失眠。
试伸出左足探，
试伸出右足探，
试同时伸出双足探，
苦闷地，焦渴地，烦乱地。

然而只有空气。

只有空气。没有消息。

什么消息也没有啊！

# 无人岛

我常闻一个声音在唤我；
我常见一个影子飘过去。

如果是来自天国的声音？
如果是天使的影子？
如果是来自地狱的声音？
如果是撒旦的影子？

如果是来自光辉的未来的声音？
如果是永恒的希望的影子？
如果是来自黄金的昔日的声音？
如果是不灭的记忆的影子？

让我应答她，说我在此，
对于那个来自天国或地狱的声音，
来自未来或昔日的声音；

让我拥抱她，并且吻她，
对于那个天使或撒旦的影子，

希望或记忆的影子。

因为我很寂寞，很寂寞；
我是一座太寂寞的无人岛。

# 散步的鱼

拿手杖的鱼。
吃板烟的鱼。

不可思议的大邮船
驶向何处去?

那些雾，雾的海。
没有天空，也没有地平线。

馥郁的远方和明日;
散步的鱼，歌唱。

# 吻

吻街路、楼梯和地板的脚倦了的微雨霏霏之夜，
灯下，用眼睛吻书，一页，两页；
然后，吻你的织毛线的手，
吻你的发的章鱼，
吻你的大眼睛，长睫毛，
吻你的永不凋谢的唇，一度，两度……
用我的再会了烟斗的口。

# 说我的坏话

说我的坏话，那些树。
那些花卉与青草，嘲笑我。

说我的坏话，
那些美丽的季节春、夏、秋
和残酷的冬天。
她们老是嘲笑我，
说我的许多的坏话。

说我的许多的坏话，
那些风、云、雨和雨后的虹。
那些海与陆的风景，青空和地平线，
那些天体：太阳、月亮和众星，
她们一致地嘲笑我。

那些画，嘲笑我。
那些夜，嘲笑我。
成为我的身体之一部分了的手杖与烟斗，
也把我来嘲弄。

名家诗歌典藏

那些猫与鹦鹉，嘲笑我。

那些舢板、小火轮和豪华的大邮船，
那些飞机、电车、汽车和暴躁的特别快车，
一致地说我的坏话。
我行过的每一街，
我居过的每一城，
我坐过的每一沙发和椅子，
我饮过的每一酒杯和酒瓶，
凡认识我的，
凡晓得我的名字的，
都说我的坏话，嘲笑我。

是什么缘故呢？
不知是什么缘故啊。
而我知道的是：
　　　凡说我的坏话，嘲笑我的，
　　　都是美的，美的；好的，好的。

# 某　地

　　某地无消息。远了，远了，从其所在的经纬度，离去，离去……彼满载的豪华船，鼓着浪，沉默地，驶向湮绵的，辽远的，不可思议，不可知的虚无海。海上无星月，无灯塔，且多着暴风雨的袭击，有雾，有触礁的危险。……

　　我流着泪，倾听那些由微弱而岑寂了的挥着手的"再会再会"。许多的人，挥着手："再会！再会！再会！"于是拔锚了，出帆了，远了，远了，湮绵的，辽远的，一年，两年，三年，十年，八载，一个世纪……鼓着浪，沉默地，彼满载的豪华船，驶向不可思议，不可知的虚无海。……

　　啊啊，再会，某地和某地的我自己！

# 三十代

凡我所在处，
纸烟灰缤纷。
那些是
　　　生命树的落英。

而我的修长、修长、修长的投影则伸展、伸展、伸展到地平线的那边的那边的那边的这边。

# 夏 天

夏天了。

许多苍蝇散步和休息在我的窗的构图上。

我怀着莫大的忧愁与恐惧，

小心翼翼地打发每一个日子——

有似载重卡车那么了的

匆忙

焦躁

不安定

而又沉重

而又危险的日子。

而在静寂了的晚夜，当孤独的时候，

听哪！呼着口号哗然通过我的致命地疲惫了的孱弱的胸

部之

平原

盆地

与夫丘陵地带


的是一列不可思议的预感。

# 远方有七个海笑着

远方有七个海笑着。任性地笑着、冶荡地笑着的七个海是七种神秘，七种幻异，七种波动，七种舞。许多的岛屿、灯塔、水族、藻类、兵舰、邮船、帆船、渔船、渔夫、水手和船长，生活在可以打仗，放炮，放机关枪，放鱼雷，用望远镜看星，看地平线的七个海上；七个任性地，冶荡地笑着的海上；七个神秘地波动着，幻异地舞着的海上。

许多的月夜的人鱼唱美妙的哀歌给他们听。

# 失去的望远镜

大熊七星又当头了。

我昔日的望远镜呢？

那是极星。

那是美丽的银河。

那三颗是我最熟悉的猎户的腰带。

那朦胧的是使人发狂的仙女座的大星云。

啊啊星空！庄严。灿烂。神秘。

那些是永恒的秩序，永恒的结构和律动。

失去的还可以复得吗？

夏夜的星空无乱世。

# 火与婴孩

梦见火的婴孩笑了。

火是跳跃的。火是好的。

那火，是他看惯了的灯火吗？

炉火吗？

火柴的火吗？

也许是他从未见过的火灾吧？

正在爆发的大火山吧？

大森林，大草原的燃烧吧？

但他哇的一声哭起来了：

他被他自己的笑声所惊醒，

在一个无边的暗夜里。

# 画　室

我有一间画室，那是关起来和一切人隔绝了的。在那里面，我可以对着镜子涂我自己的裸体在画布上。我的裸体是瘦弱的，苍白的，而且伤痕累累，青的，紫的，旧的，新的，永不痊愈，正如我的仇恨，永不消除。

至于谁是用鞭子打我的，我不知道；谁是用斧头砍我的，我不知道；谁是用绳子勒我的，我不知道；谁是用烙铁烫我的，我不知道；谁是用消镪水浇我的，我不知道。

我所知道的是在我心中猛烈地燃烧着有一个复仇的意念。

但是我所唯一可能并业经采取的报复手段，只是把我的伤痕，照着它原来的样子，描了又描，绘了又绘；然后拿出去，陈列在展览会里，给一切人看，使他们也战栗，使他们也痛苦，并尤其使他们也和我同样地仇恨不已。而已而已。

# 雪降着雪融着

雪降着。
雪融着。
这雪是且降且融的。
屋檐上，天井里，
滴着，滴着，有节奏地，
如此温柔的水滴声。

雪降着。
雪融着。
唔，西北风之最后的一个联队，
已从我们的屋脊掠过去远扬了。

每夜，每夜，陪着我，
温暖我辛勤的右手的火钵子，
现在将有一个长期的休假了。

而那些奔驰在远处大街上的救火车的乱钟
和捕盗车之恐怖、凄厉、紧张、自卑而夸大的嘶喊
也不再给人以愈益寒冷的感觉了。

猫叫唤着。

猫应着。

他们谈着恋爱。

可赞美的！

他们是春天的先知。


于是我的烟斗抽着，抽起来了。

我的字典翻着，翻起来了。

我的夜工作的进行，

如此兴奋而且快速。


钢笔尖划着原稿纸：嚓嚓嚓嚓……

正如那撼动我小楼的墙壁，地板和窗的，

后门外铁道上滑过去的列车。


雪降着。

雪融着。

滴着滴着的水滴声，

如此温柔而有节奏。


孩子们甜蜜地睡着，做着快乐的梦。

他们也许正在梦见我答应给他们做的大雪人吧？

为了取悦于他们，我必须给他贴一张用红纸剪的嘴；

嵌两个圆眼珠：染黑了的胡桃。

但是明天早上，
我将带着他们，
乘电车到公园去晒太阳，
听小鸟的音乐会，
并指给他们看，
那些树上，
还很稚嫩的萌芽：
那是属于他们的绿色。

而当他们大起来，
我知道那是一定的，
他们将要在兵舰上放炮，
保卫我们的大海；
在飞机上开机关枪，
保卫我们的天空；
或是驾驶着坦克车，
抵抗一切外国人的侵略。

他们将要成为烟草商人，成为书店老板，赚很多的钱，
或是成为作家，成为诗人，穷得像我一样。
他们将要和那些可赞美的女孩子谈着恋爱，
在春天，像猫一样。

啊啊！雪降着。雪融着。
听哪！如此温柔的水滴声，
滴着，滴着，有节奏地。

# 饮 者

在以一列列酒坛筑就的城堡中，
我的默坐
是王者的风度。

在还早的众人的办公时间，
我欣然而至了：
唯一的，下午三点钟的饮者。

我向酒保要了最好的酒，
自斟自饮，从容地，
统治一个完整的纯粹的帝国。

我的离去和我的王朝的倾覆，
是当有第二个顾客踏进来，
并侵犯了我的伟大的孤独时。

# 三　岁

推开黄昏窗，

指着东天初升的金星，

问孩子："好看吗?"

他点点头，说："拿!"

"星是拿不到的呀。"

他说："跳!"

——一种代表了全人类的飞跃的意志

闪耀着

在这三岁孩子星样的眸子里。

# 偶　感

如果是真正的黄金，
让他埋藏在垃圾堆中；
如果是纯粹的音乐，
让他沉默在流行歌里。

愈积愈高的垃圾堆，
即使永无清除的一天；
日新月异的流行歌，
纵然没有停歇的时候。

# 致诗人

——谁倘是真正的诗人
谁就配接受这赞美——

你站着
像一座巨大的发电厂
沉默
在夜的中央

你向饥饿宣战。
对于世俗
从不把投降的白旗竖起
反抗一切权力。
你的心灵
属于有翅膀的族类

你的诗的红宝石
熠耀于众天才之星座
是纯粹的艺术
也是一时代的匕首

你的仇敌

企图以定时炸弹毁灭你的光明

但你笑笑：

        由他

          那些免不了的

阴谋。这是对的

哦！诗人

你的活着既是如此坚强

就也能庄严地倒下

而且发出


神一般的音响……


      你沉默

       在夜的中央

站着

像一座巨大的发电厂


后记：此诗作于一九四八年四月，我满三十五岁生日的晚上。没有酒，惟粥与豆，吃了个半饱。而奇怪的是，诗成，肚子竟不饿了。岂不应该感谢我的诗的大神，赠我以如此高贵的生日礼。我想，古今中外，凡是真正的诗人，都足以接受我的这个喝彩而无愧；固不仅是用以自寿、自挽、自剖、自哀和自勉的而已。

# 雕刻家

烦忧是一个不可见的
天才的雕刻家。
每个黄昏，他来了。
他用一柄无形的凿子
把我的额纹凿得更深一些；
又给添上了许多新的。
于是我日渐老去，
而他的艺术品日渐完成。

# 构 图

静寂的十字路口，
满载着甘蔗的牛车
迟缓地行过，
一辆，二辆，三辆……
像活动的图案。

街边，
玩具似的木屋，
小窗里的初灯
优美地亮了。

于是瑟瑟瑟瑟……
修长的槟榔树的叶子
摇落了
岛上
诗一般的黄昏。

# 美酒颂

使我的心脏快速地搏动着，
使我的血液快速地循环着。
使我乐于工作，
乐于活在世上，
像一具不停的马达，
从黎明到夜的中央。

使我的生命的各种乐器
发出了大交响，
使我无拘无束地歌，
自由自在地唱，
而这火一般的声音
又是如此地充满了力量，
燃烧，燃烧，
飞扬，飞扬，
像鹰隼，
扑着翅膀。

使我的灵魂宁静

如那山的苍苍，
使我的胸怀渺阔
如那海的茫茫。

使我作着预言在我的诗篇里
像一个古代伟大的先知，
并用我的手杖指着那
闪耀在未来的地平线上的

万道金光。啊啊！
使我三呼人类万岁，世界不朽的
可是你啊，美酒，以产在这岛上的
乳房一般的凤梨酿制的。

你那馥郁，
你那芬芳，
你那陶醉，
举世无双：
竟是没有一个少女的吻
能够比得上！

# 榕树、我、大寂寞

　　榕树是一切树中姿态最不美的，然而生命力最强。试把她从甲地植到乙地，连根拔起，晒上两三天，然后随便地种下去，经过一个短期的死，就复活了。

一

午睡醒来抽支烟；
一面凝视着窗外院子里
浓绿
繁多
榕树叶子的
大寂寞。
于是有家的大寂寞。
无线电收音机谁在唱歌，
什么人在演说的大寂寞。
行将毁灭或是愈更新鲜的世界，
在脑袋的银幕上出现了又消失。

历史的大寂寞！
诗的大寂寞！

　啊啊，今天，
　我觉得有一种夏季的冷；
　我第一次感到
　需要一杯热些的茶。

风来了，
我看见榕树婆娑而起舞，
如一肥壮的中年妇人，
摇摆着夸张的臀部，
蠢态如猪。而自远处，
那些随风传至的是
大批出口家畜
被起重机吊起来
从码头上
抛掷到货舱里去的
尖锐的叫。
　凄厉的叫。
　　绝望的叫。
　　　Edwad Munch 的 "叫"。
　　　　恐怖的叫。
　　　　　二十世纪的叫。

人类的叫。

我倾听着它们，
又默默地数着我自己：
一二三四五六，脉搏；
七八九十，心跳。
于是有逐渐硬化的
血管的大寂寞；
心脏病患者的
心脏的大寂寞。
　　肉体的大寂寞。
　　　灵魂的大寂寞。
　　　　生命的大寂寞！

二

吁嚱！蔓延在我的内部的
是一种无法敉平了的叛乱；
而我是再不能轻轻轻轻地唤着
那个难忘但永不宣布的名字。
何其大的寂寞啊！
寂寞的是
从我的口中喷出的，
软软的，

袅袅的，

一个接着一个的，

有风度的，

散步的烟圈啊。


一二三四飘过去，那些烟圈；

五六七八九十飘过去，那些烟圈。

那些乳白色的，飘过去；

那些青灰色的，飘过去。

飘过去，那些有组织的；

飘过去，那些成体系的。

那些虚无的实在，

　那些实在的虚无，

　　飘过去，飘过去。

那些神秘的，

　那些不可思议的，

　　飘过去，飘过去。……

凡飘过的空间，

是无穷又有限；

凡飘过的时间，

是迅速又缓慢。

空间的大寂寞。

时间的大寂寞。

上下左右前后：
大寂寞！
过去现在未来：
大寂寞！

三

唉唉，什么时候，
让我买一张头等来回票，
搭乘着最新式最豪华的原子火箭，
到金星上，
火星上，
或是月亮上去玩他一趟才好哩。
说吧，什么时候，你，或人？

但是那些奇迹的行星和卫星啊，
已经重返于古老的太阳的墓地；
那些微笑着的恒星啊，
已经灯一般地熄掉；
那些宇宙的不朽的梦啊，
已经美丽的肥皂泡的爆炸似的，
我的一刻的午睡似的醒来；
至于那些全能的上帝的创世啊，
不过是一幅幅被激赏的

天才儿童的蜡笔画而已。

而在这里，听哪，
那些岁月的葡萄，
那些年华的橄榄，
那些青青的金黄的月吻橙，
一卡车一卡车地疾驰而过，
在我的额的高原上，
桥一般的鼻子上，
颈的地峡，
肩的悬崖，
胸部的丘陵地带，
脐的盆地，
沙漠似的不毛的小腹，
和分歧着的两条腿的
辽长的，辽长的公路上……

吁嗟乎！
大寂寞。
岁月逝去。年华逝去。
午睡醒来：青春不再。
榕树舞罢，无一叶落；
纸烟吸完，剩些灰烬。
榕树。榕树。大寂寞！
我。我。大寂寞！

# 死　树

死树
张着苍白枯槁，修长的两臂，
仰视青天。

那些飘逝的云
如他腹部的菌，
有其色彩的肖似，形状的肖似。

而那被虫类蛀蚀着的树皮
是正在用了世界上最轻微的声音
一小块一小块地落下来。

# 午夜的壁画

一盏灯，柔和地
亮在一间小小的木屋里；
三个一模一样的沉思着的影子，
构成了一幅午夜的壁画。

午夜的壁画，
是即我之三位一体。
午夜的壁画，
是即三位一体之我。

修长的我，
不可思议的我，
和破碎了的我。

我说：朱丽叶啊，再会！
我说：海伦啊，再会！
忘了那些花瓣似的嘴唇。
忘了那些蜜味的吻。
忘了那些悦耳的谎言。

忘了那些虚无的恋。
在这里，我是心如止水。

木屋外，一边是有星光照着海，
一边是隔绝了城市的森林和山岭。
森林里，那鹿鸣的呦呦如昔日的歌声；
山岭上，那积雪的皑皑如不灭的记忆；
而鱼类和藻类则静静地眠在海底，
如我的十彩的梦，无边，无际。

我从何处来？
我往何处去？
我不知道。我不知道。而我知道的是：
纵有春风拂过，止水呀也不扬波的了。

故我投修长的影在壁上；
投不可思议的影在壁上；
那个破碎了的我
也投影在壁上。
此乃灯之杰作，
还让灯去欣赏。

灯是美的。
小小的木屋是美的。
午夜的壁画也是美的，美的。

# 槟榔树：我的同类

高高的槟榔树。
如此单纯而又神秘的槟榔树。
和我同类的槟榔树。
摇曳着的槟榔树。
沉思着的槟榔树。
使这海岛的黄昏如一世界名画了槟榔树。

槟榔树啊，你姿态美好地立着，
在生长你的土地上，从不把位置移动。
而我却奔波复奔波，流浪复流浪，
拖着个修长的影子，沉重的影子，
从一个城市到一个城市，永无休止。

如今，且让我靠着你的躯干，
坐在你的叶荫下，吟哦诗章。
让我放下我的行囊，
歇一会儿再走。
而在这多秋意的岛上，
我怀乡的调子，

名家诗歌典藏

总不免带有一些儿凄凉。

萧萧，飒飒。
萧萧，飒飒。
我掩卷倾听你的独语，
而泪是徐徐地落下。

你的独语，有如我的单纯。
你的独语，有如我的神秘。
你在摇曳。你在沉思。
高高的槟榔树，

啊啊，我的不旅行的同类，
你也是一个，一个寂寞的，寂寞的生物。

# 白色的小马

驰过去，
驰过去，
白色的小马，
蹄声嘚嘚。

驰过去，
从一个帝国的瓦解，
到一首史诗的完成。

驰过去，
从一根火柴的熄灭，
到一个宇宙的诞生。

白色的小马，
蹄声嘚嘚。

从我的心脏之每一搏动
驰过去，
从我的血液之每一循环

驰过去。

从我的心脏的小火山，
从我的血管的诸河流，
从我的多丘陵的不毛的胸部之旷野
驰过去，驰过去，
白色的小马，蹄声嘚嘚。

# 蝇 尸

像一粒葡萄干，
被残破的蜘蛛网粘在墙角落的蝇尸。
他静止着。他安息了。
他的灵魂大概已经进入天国，
和上帝在一起了。
他那中空而干瘪的躯壳，
已不若生前的丑恶和讨厌。
他那失去了的前脚，
是因极度的挣扎而断折的。
他那变色为枯黄的复眼，
已不再看得见什么。
他那成了单数而一半缺损的翅翼，
除了有风吹过是不复振动了。
而当一只初出世的小蜘蛛
悄悄地爬经他的身边时，
啊，他竟是如此地显得有一种标本的
宁静，尊严，和美。

# 古　池

我是古池；
你是蛙。
我是止水不扬波的；
你是春风。

我是多年尘封的
不开的门；
你是从我的客厅里，草地上
发出的良夜歌声。

# 你的名字

用了世界上最轻最轻的声音，
轻轻地唤你的名字每夜每夜。

写你的名字。
画你的名字。
而梦见的是你的发光的名字：

如日，如星，你的名字。
如灯，如钻石，你的名字。
如缤纷的火花，如闪电，你的名字。
如原始森林的燃烧，你的名字。

刻你的名字！
刻你的名字在树上。
刻你的名字在不凋的生命树上。
当这植物长成了参天的古木时，
啊啊，多好，多好，
你的名字也大起来。

大起来了，你的名字。

亮起来了，你的名字。

于是，轻轻轻轻轻轻地唤你的名字。

# 邻女之窗

多么丰富又豪华啊，
她那初夜的小小窗。
啊啊！真是值得祝福的，
再好看也没有了，
那躲在深橄榄绿的槟榔树叶后
幻异地摇曳着的邻女之窗：

桃色，玫瑰色，浓郁的红，
浅赭，温暖的灰，
淡淡的晚霞的一抹的苹果绿，
秋天的新月的柠檬黄，
薄紫，微黛，如梦的蓝，
和私语一般的青。……

# 未完成的杰作

你是一幅未完成的杰作；
当你开始有了些儿画意
并给我以莫娜·里萨的感兴时，
我已宣告搁笔。

因为你"温柔的右手"
忽然长起了可怕的大麻风；
而划破你"神秘的微笑"的
是一把狂人的小刀。

# 诗的复活

被工厂以及火车、轮船的煤烟熏黑了的月亮
　　不是属于李白的；
而在我的小型望远镜里：
上弦、下弦，
时盈、时亏，
或是被地球的庞大的阴影偶然而短暂地掩蔽了的月亮
　　也不是属于李白的。

李白死了，月亮也死了，所以我们来了。
我们鸣着工厂的汽笛，庄严地、肯定地，如此有信仰地，
　　宣告诗的复活；
并且鸣着火车的尖锐的、歇斯底里亚的、没遮拦的汽笛，
　　宣告诗的复活；
鸣着轮船的悠悠然的汽笛，如大提琴上徐徐擦过之一弓，
　　宣告诗的复活。

## 致天狼星

天狼星啊，你是众星之星，你是星中之王者。
你的伴星绕着你转，就像我的女人不离开我的身边。

让你的伴星分裂为数个行星如同我们的太阳系一样吧！
让这些行星开始冷却并且出现生命如同我们的地球一样吧！

天狼星啊，你多美啊！正是为了你的缘故，啊啊，
竟使我这狂徒第一次跪下来向耶和华祈祷。

# 标本复活

一天，当所有的爬虫标本
宣告复活，并且蠕蠕而动，
骷髅们亦随之而起舞了。
舞着，舞着，那习习的阴风过处，
使一切禽鸟，一切蛾蝶的标本振翅而飞：
每一羽的蛾蝶载针一枚，
如同受了伤的印第安人背部深入的箭；
而各种的禽鸟合唱一首赞美之歌。
于是，数以万计的博物馆参观者
都被关进疯人院里去了。

# 发光体

我岂是属于你的装饰品之一呢？

视我如指环么？
你手上有的是金刚钻，黄金与白金，翡翠与红宝石。

视我如耳坠子么？
唔，太长了，也太重了！

我若是一串真珠的项链，
或许可以安安稳稳地套在你的粉颈上；

我若是一枚小小的金十字架，
或许可以服服帖帖地垂挂在你的酥胸前。

唉唉，美丽的呀，我哪里有这等的福分！

而我的灿然如巨星之熠耀，
不过是由于我是一个发光体罢了。

# 光明的追求者

好比一盏金黄的向日葵，
我是一个光明的追求者；
又如一羽扑灯的小青虫，
对于暗夜永不说出妥协。

太阳在哪里我就朝向哪里，
灯光在何处我就飞向何处，
因为我是一个光明的追求者，
对于黑暗怎么可以竖起白旗？

一旦这世上的灯火完全熄灭，
我便鼓着小翅膀向着星丛飞；
要是太阳忽然冷却，不再燃烧，
我呀，我就点亮了我自己。

# 四十岁的狂徒

狂徒——四十岁了的，
还怕饥饿与寒冷，妒忌与毁谤吗？
教全世界听着：

                    我在此。


我用铜像般的沉默，
注视着那些狐狸的笑，
穿道袍戴假面的魔鬼的跳舞，
下毒的杯，
冷箭与黑刀。

                    我沉默。


刚下了课，拍掉一身的粉笔灰，
就赶到印刷所去，拿起校对的红笔来，
卷筒机一般地快速，卷筒机一般地忙碌，
一面抽着劣等纸烟，喝着廉价的酒，
欣欣然。


仅仅凭了一块饼的发动力，

从黎明到午夜，不断地工作着，
毫无倦容，亦无怨尤，
曾是你们看见了的；

而在风里，雨里，常常是
淋得周身湿透，冻得双手发紫，
这骑着脚踏车，风驰电掣，
出没于"现实"之千军万马，
所向无敌的生活上的勇士，
也是你们鼓掌叫过好的。

然而捕狮子的陷阱
就设在我的座椅下；
纸包的定时炸弹
就藏在我的抽屉里：
你们好狠！

你们在我的户外窥伺；
你们在我的路上埋伏；
你们散布流言，到处讲我的坏话；
你们企图把我整个地毁灭：
你们好狠！

甚至还要寄匿名信来侮辱我，

画一只乌龟，写上我的名字；
还要打神秘的电话来恐吓我，
叫我小心点，否则挨揍：
你们好坏！

我既贫穷，又无权势，
为什么这样地容不得我呢？
我既一无所求，而又与世无争，
为什么这样地容不得我呢？

哦哦，我知道了：
原来我的灵魂善良，
而你们的丑恶；
我的声音响亮，
而你们的喑哑；
我的生命树是如此的高大，
而你们的低矮；
我是创造了诗千首的抹不掉的存在，
而你们是过一辈子就完了的。

那么，让我说宽恕吧。

我说：来吧！
一切肉体上的痛苦，

要来的都来吧!

　　　　　　我宽恕。

一切精神上的痛苦，

要来的都来吧!

　　　　　　我宽恕。


而这，就是一个人的尊严：

一个四十岁的狂徒的写照。

# 飞的意志

一种飞的意志永远支配着我。我想飞！于是我长了翅膀。我试着鼓动我的双翼，觉得它们的性能极强，虽大鹏，鸿鹄，鹰隼，也不可同日而语。自信我的速度，高度，和持久力，不仅是超越凡诸鸟类，抑且是凌驾各种飞机。凭着这对翅膀，不飞则已，要飞，起码是一飞冲天，二十四小时周游太阳系。啊，多好，飞吧！哦，再见，丑陋的世界！

但是，我展开的双翼，刚刚使劲一扑，才扑了一点点，两足离开地面还不到半公尺的光景，就整个的跌下来了。而且，多惨，连所谓强有力的翅膀也从此折断了。这是怎么搞的？怎么搞的？我不知道。而我知道的是，现在，我清清楚楚地看见了：就在那边，站着的，那家伙，名叫"现实"，他手里拿着一杆猎枪，无声地狞笑着。

# 夜　蛾

一羽扑灯的夜蛾，力竭而死，陈尸于我的摊开着的原稿纸上：我终于找到了生命的最高意义，在这思想的大平原。而此刻的他，是即来日之我了。故我搁下方在疾走的笔，对这壮丽的死，静静地欣赏。

除了一根触须的断折，那金色并饰以绒一般黑鸡心图案的翅翼仍然是完整的；标本似的沉默着，这狂热的小东西。

他一定是十分苦闷，我想，当他生前——在那沙漠般暗黑的庭院里飞，而尚未发现我的亮着的窗和这宿舍里最后的一盏灯时。而现在，他的休息了的姿态，如一古哲学家的庄严。

啊啊，我就是灯。我只照着你们，一切众生。我却是火，熊熊的火！凡接近火的必招致烧身。所以说：智者啊，远远地离开我是对的。以一个相当的距离，看我，我便是一幅华美地燃烧着的画；听我，我便是一曲发光的交响乐。而我之所以必须保持我的孤独，是因为让我寂寞一些是好的。

# 距　离

　　你，我，距离着。而在你我之间，是他的生存地带。他的鼻子上，抹着白粉。他向我鞠了个躬，说了你许多的坏话；他向你鞠了个躬，说了我许多的坏话。于是，你我之间，有了距离。

　　许多的他，出现在你我之间了！许多的他，活动在你我之间了！他们的同一个类型的鼻子上，都抹着同一个牌子的白粉。他们在我的面前捣你的鬼，很使你生气；他们在你的面前捣我的鬼，很使我生气。于是，你我之间，有了更大的距离。

　　这可怕的距离，现在是，愈拉愈长了。从算术级数到几何级数，迅速地发展着。从公尺，公里到以"光年"计的天文数字了。你，我，距离着又距离着，这样的遥远啊！

　　唉唉，果真如此的遥远么？难道，这人为的距离，就没有一个办法把他取消么？而那些白鼻子的嘴脸，究竟有什么值得欣赏的呢？说吧，你，我。——让我们同时画弧线吧，一齐跑步跑吧，向那九十度垂直于他们的一点。

# 爬虫篇

## 一、逻辑的与非逻辑的

英雄乎！像壁虎那么的柔软就不合逻辑了。
神所造的鳄鱼岂不是应该坚硬的么？

恐龙的骨骼含有放射性也许合乎逻辑。
因为他们是最大而且最古的爬虫。

## 二、异端的祈愿

上帝啊，我要是一匹爬虫多好哩；
恐龙、鳄鱼，或者壁虎。

我可以用四只脚散步，
而不被归纳到家畜或野兽的任何一个族类里去。

## 三、蛇

曾教唆夏娃犯罪的蛇也算是一种爬虫么?
他的腹足虽然很多很多,却是不显著的。

小规模的如壁虎,
中等的如鳄鱼,
巨型的如恐龙,
脚的数目虽然有限,
四只就是四只,清清楚楚。

## 四、爬虫万岁

恐龙骨含铀千分之五强,
可以提供原子武器生产;
鳄鱼吃人,
但是被嚼掉的一定在耶和华眼中有了不可饶恕的罪过;
壁虎是益虫啊!
只有没受过教育的东西才会去伤害他。

啊啊爬虫万岁万岁! 恐龙鳄鱼壁虎万岁万岁!

后记:我可以指着地球上所有一切动物的名,起一个最严重的誓：这成于一九五四年十一月八日整个晚上的一辑四首，既非什么"寓言诗"，亦非什么"讽刺诗"，更不是什么"象征派"了；而只不过是一匹和我混熟了的无尾守宫当他循例狩猎于我的卧室的粉壁上时所偶然提供了的一连串感觉与联想之组织化了忠实的记录罢了。这有什么"哲理"呢？什么"哲理"也没有的。诗就是诗。诗而有所寓言，不如讲故事吧！诗而有所讽刺，不如写杂文吧！至于象征派的人们，自波特莱尔以迄梵乐希，我本有一份爱好，而且翻译过他们的作品，介绍他们的诗风，但这并不即是可以指我为一个象征派的证据啊。

# 火 葬

如一张写满了的信笺，
躺在一只牛皮纸的信封里，
人们把他钉入一具薄皮棺材；

复如一封信的投入邮筒，
人们把他塞进火葬场的炉门。

……总之，像一封信，
贴了邮票，
盖了邮戳，
寄到很远的国度去了。

# 奋 斗

沉思于人生之大涡卷，
注视着那深度，
丑恶、腥秽、嚣骚、黑而且冷，
乃有悲壮极了的一跃之姿。
于是画一个休止符号，
令诸管弦一齐入于沉默；
而必将奏鸣的是次一乐章之大交响。
在这里，
活着，
噢，
便是宣言。

# 色彩之歌

终于回到色彩的世界里来了！

我首先接受了一打的欢呼：

有个性的十二个音阶——

锌白、土黄、棕、热烈的朱、高贵的红、黄与柠檬黄；

草绿、翠绿、天青、普鲁士蓝和中国少女的发的神秘的黑。


没有紫的；没有橙的。

但我可以取之于红与青或蓝的和声；

　　　　取之于黄与朱或红的和声。

而让棕与绿的结合成为橄榄绿；

　让棕与红的结合成为土红；

　让白与黑的结合成为失恋的灰色。

——这就够了。

于是，我拿着画笔，

以一个乐队指挥者的姿态，站在我的画布之前了：

岂不是

　　　　神一般的庄严么？

# 船

船在海上散步；
而我航行于波涛汹涌的陆地。
我用我的烟斗冒烟；
船则以其男低音歌唱。

船载着货物与旅客，
我的吨位是"人生"的重量。

# 十一月的新抒情主义

金色的将变成土色了吧？
蓝色的将变成灰色了吧？
是的，是的：十一月最后的日子还剩几秒。

今天礼拜三。明天礼拜四。
十二月一号是多么的无聊啊！

那些哼着蓝色多瑙河而散着小小的步子的金发女郎在何处？
那条绣着金色图案的蓝领带也不知去向了啊。而窗外
午夜的地平线上木然出现了的是一具披着灰色头发的
不肉感的土色的裸体。

噢噢，错过了的：
                  火曜日的晚上，
本可以和斯泰芬·马拉美的女儿结婚；
教保尔·梵乐希念诗，安特烈·纪德致诗。
于是当新世纪的黎明，雄鸡诞生——
蒋·高克多引颈长鸣声中，
高穆·阿保里奈尔的西班牙风邪症也霍然痊愈了。

可是伤心有何用呢？流泪也枉然的。然则，作诗吧！

变成土色了的，原来是黄金的金色呀。
变成灰色了的，原来是蓝天的蓝色呀。
嗯，没什么，这就是十一月的新抒情主义。

# 榕　树

因为园子太小，而榕树太多了，
所以我买了一把锯子。
葡萄酒那么殷红的血啊，从我的伤处涌出来；
而他的血液却是白色的，像牛乳。

# 诗　法

不过是为的使我沸腾起来罢了，
她才如此的冷：我周围的空气。

空气
用她的冷
拥抱了我。可感谢的！多么可感谢的

啊！感谢。因为
我是如此地清醒着——
我就是所谓冷。
较之冷，尤其清醒的，
是我；而尤其清醒的，
较之我，la
Poésie である。

故我恒常鼎沸，升华如水蒸气；
复又凝冻、冰结，而成为一可拥抱的固体。

名家诗歌典藏

# 我爱树

我爱树，所以我是很悲哀的。

而尤其悲哀的：我终于不能够变成功一棵树。

我非树？

树非我？

我即是树？

树即是我？

多么的悲哀哟！

于是弯曲伸展用我的

两臂和十指还有头发

极力模仿那些枝条那些

姿势那些叶子那些形状

而且用脚使劲地往泥土里踩

# 存在主义

图案似的
标本似的
　　　—蜥蜴

夜夜，预约了一般地
出现，预约了一般地

当我为了明天的面包以及
　　　昨日的债务而又在辛劳地
　　　　　　辛劳地工作着时

平贴在我的窗的毛玻璃的
那边，用他的半透明的
胴体，神奇的但丑陋的
尾巴，给人以不快之感的
头部，和有着幼稚园小朋友人物画风格的
四肢平贴着
　　　图案似的
　　　标本似的
　　　　　　—蜥蜴

这够我欣赏的了。
在我的灯的优美的
照明之下：这存在

　　　　这小小的守宫（上帝造的）
　　　　这小小的壁虎（上帝造的）
　　　　这远古大爬虫的缩影、缩写和同宗
屏息在我的窗的毛玻璃的
那边，而时作觅食之拿手的
表演；于是许多的蚊蚋、蛾蝶和小青虫
在他的膨胀而呈微绿的肚子里
消化着
又消化着。


噢，对啦！我是他的戏的
观众，而且是他的艺术的
喝彩者，有诗为证；而他
也从不假装不晓得
究竟在这个芸芸众生的大杂院里
谁是最后熄灯就寝的一个。


故我存在——我是上帝造的
蜥蜴存在——他是上帝造的
一切存在——都是上帝造的
而这就是我们的"存在主义"——不！"我们的"存在主义

# 春之舞

他是从"国立研究标本陈列室"里逸出来的
一可肉之白骨；撞碎了玻璃橱
无声地，当年轻的男性管理员午膳后作片刻的
假寐时。她是

啊如此的轻盈、轻盈、轻盈地
舞着，用了邓肯的步法
和赵飞燕的韵致，在商业大楼前
春日宁静的广场上。广场上：
杜鹃怒放，而她舞着。舞着的
是一怀春之少女；假寐的管理员
则是或一定义上的无梦之标本。
标本
标本
    春之舞

（舞以白骨
舞以少女）
标本。标本。春之舞！

而当她意兴既寂，一念间
欣然失踪，却忘了收回那
赫然投射在德国荷尔蒙巨型广告牌上
的一不可消灭之黑影。

# 阿富罗底之死

把希腊女神 Aphrodite 塞进一具杀牛机器里去

    切成
    块状

把那些"美"的要素
抽出来
制成标本；然后
              一小瓶
              一小瓶
分门别类地陈列在古物博览会里，以供民众观赏
并且受一种教育

这就是二十世纪：我们的

# 大头针

我梦见
太阳，是一个
特别大的。春天
在什么人的楼上
眺望

那些金黄、橙红、翠绿
和浓厚的紫的水彩画的
笔触：蛮有劲的。而把烟斗一敲
的结果，这世界
        瞬间
        变成了暗夜。……
对啦！我是一羽蛾吧？
所以我梦见火。
          不！梦见火的，
          一种标本而已。

# 萧萧之歌

我对我的树说：我想
要是我是一棵树多好哩！槐树、榆树
或者梧桐。要是让我的两只脚和十个足趾
深深地伸入泥土里去，那么我就也有了枝条
也有了繁多的叶子。当风来时
我就也有了摇曳之姿。也唱萧萧之歌

萧萧飒飒
飒飒萧萧

让人们听了怪难过的，思乡
和把大衣的领子翻起来。而在冬天
我是全裸着的。因为我是落叶乔木
不属于松柏科。——凡众人叹赏的
就不免带几分俗气了。所以我的古铜色的
头发将飘向遥远的城市。我的金黄色的
头发将落在邻人的阶前。还有些琥珀般发红的
则被爱美的女孩子捡了去，夹在纪念册里
过些时日便遗忘了。于是当青棒的季节重来
她们将在我的荫盖下纳凉、喝汽水

和讲关于树的故事……然后

用别针，在我的苍老的躯干上

刻他们的情人的名字：诸如 Y. H. 啦

TY 啦 RM 啦 ST 啦 YD 啦 LP 啦以及其他

等等，都是些个挺帅而又够古怪的家伙

——我对我的树说。我的树

是热带植物，但不算棕榈科

# 香蕉崇拜

## ——呈叶泥兄


云萃，风生，好一个吃香蕉的下午
日曜日！我乃有举行一次掷瓶典礼的
兴致：看这百万人口大都会的出发，够豪华的
海市蜃楼，沉没于历史之封底
杳杳，悠悠……什么是
跨叱咤之铜马的，戴铿锵之桂冠的
和被他们吻过又生了蛆虫无数的女体化石之一个苍白的
碎片，贝壳般躺在无常的沙滩上，寂寂，凉凉
或是一个战役的电视，一个朗诵会的录音
永不被人遗忘，不被厌倦
足以供一个失恋的考古学者拿来证实我的
一步八千莲华之错误的？说起老戴

      你应了解。唉，唉
我也有所不跨，不戴，不吻
而且，有所沉没
因为我也是这大邮船的乘客之一
和你一样。而在这里，我知道，在我的手表的
错误的三点半上，我曾流泪

盛夏酩酊

香蕉万岁

# 未济之一

她们喜欢快速那些绿
具可燃性的她们都很忧郁
至于那些腐叶丧失了辛烷度的不喜欢
忧郁她们是一点儿也不

所以我经常表演攀爬
一面吹着最不音乐的口哨水手风地
在一个被加了特别延长记号的全分音符里
登天梯以超脱
凡绿和腐叶
凡具可燃性的和丧失了辛烷度的
无论其忧郁不忧郁喜欢不喜欢快速
而总之我是又开始了（哦！观众
随便你们嘘或中途退出
大声叫喊，统计学一般的沉默或用力拍手——
这里是没有什么公共秩序必须维持和遵守）

而是圆筒状成几何级数的那么
爬升又跌落；而是成几何级数圆筒状的那么跌落又
爬升……

# 主题之春

于是我用左手拿着一点也不烫的烟斗
指向太阳——看来有一种射击的意图；

而右手
怪空虚的
在裤袋里摸索。

这是个噩梦的季节。
乘以二，乘以三，并加了延长记号的。
醒不来的噩梦：
这季节。

我要到巴黎去。
但他们说我体重太轻了；
东京呢，
这身长又太高了。

四十年前……
我母亲的记忆像牡丹；

而妻是那么神往地倾听着，

笑着，又叹息着。


噢！她已经给女儿买了缝裙子的布回来：

　　一块花花绿绿的；一块黑的。

于是我做了个姿势，

交给左右两手各一特别任务。

# 猫

——他叫"金门之虎"，因他是金门产。


我的猫，把他没吃完的半个小老鼠
很慷慨地放在我的案头的一只饼干碟子里——
大概是留给我做宵夜的吧？
这教我气得把他拖过来重重地揍了一顿，
而且使我的房间立刻充满了 DDT 的气味。
但是显然他是不服气的；
他用他的橄榄形的眼帮向我提出抗议：
"如果波特莱尔的狗是对的，
那么你也就没错了。"

# 银 桂

篱笆下，
我瘦小的银桂，
奇迹似的，
开了不到十朵的花。

太少了！
但还是很香，很美。
这迟到的春天，
总算没交白卷。

……二十年前，
我娇弱的叶子姑娘，
穿一件淡淡的旗袍，
那颜色，就像这银桂一样。……

如今，她已做了好几个孩子的妈咪；
而我也不再把古旧的七弦琴弹响。——
唉，这世界，
是多么的，多么的荒凉。

# 零　件

不过是小小一枚螺丝钉而已。
有什么可这样可那样的呢？
　　什么诗人？
　　半野蛮的族类！
我就模仿雪莱的朋友皮可克的口气
嘲弄嘲弄我自己而感到非常的过瘾
每当我被这样那样得

想哭的时候。但是作为整个机器
之一部分，我是，怎么也旋不紧的
一枚。也许此乃一种例外？
是的，也许；而这庞然大物
应该不是一种例外。
我亦没有上锈。还不到
报废的年龄。而零件的装配
也丝毫都没给弄错——这位置
不正是适合于我的么？
当然，这个所谓的
我，是可以拿了去派派用场的。

然而我是怎么也旋不紧的一枚。

怎么也旋不紧。这样，那样，

怎么也旋不紧。因为这螺丝钉

因为这螺丝钉老是　　　　　小小的

　　　　　想飞　　　　　　螺丝钉

　　老是　　　　　　　　　半野蛮

想飞　　　　　　　　　　　的族类。


　　　本来，

　　　我是想哭的。

但我已不再是一个小孩子了。

我也不算一个大人：

我的心脏早已成熟；

我的心灵还很幼稚。

若干的神性和若干的兽性

在我的生命里共存共荣。

既非圣贤，亦非禽兽，

而也未尝生活在一个人的标准

上。究竟，我是什么东西？

——一种不值钱的零件罢了。

至于我之所以每常嘲弄我自己，

那是因为我是可以飞的。


对了！我是可以飞的；

并且

原则上

这个机器

(不是十九世纪古人所设计的那种样式，那种性质)

也不是不可以飞的：

                    只要我飞起来，

    飞吧        就能够把它也带着一同飞；

飞吧            只要我飞起来，

                    凡想飞的都能够跟我一同飞。

然则，我为什么还不

还不开始飞呢？(飞吧！飞吧！)

难道有啥格可犹豫的，有啥格可留恋的不成？

也许时间尚未到吧？

时间未到，或者是个理由；


而目的地，应该早就到了。

这才真是雪莱们所无法理解，皮可克们也不会懂的啦。

什么诗人？

半野蛮的族类！唉唉什么诗人半野蛮的族类……

## 苍蝇与茉莉

一只大眼睛的苍蝇，
停歇在含苞待放的茉莉花朵上，
不时用他的两只后脚刷刷他的一双翅翼，
非常爱好清洁和讲究体面的样子。
也许这是对于美的一种亵渎，
应该拿 DDT 来惩罚。
但是谁也不能证明他不是上帝造的，
谁也不能证明他在上帝眼中是一个
丑恶的存在。

# 番石榴的秩序

番石榴那么涩涩，酸酸，
又番石榴那么动人以"嚼"的念头的
那种比一切过瘾的不成熟感。

不甜。
但比水蜜桃那一类的来得实在
和经得起"咬"。

什么都随风而逝了，不可挽回的！
只留下些儿涩涩之感，酸酸之感。

我乃展开一番石榴的世界，
构成一番石榴的秩序，
永远是那么青青的，绿绿的，
在我的生命之巅峰，灵魂之深处。

我是在公园的灌木丛中搂着她吻了的，
然后在一家咖啡店里坐上七八个小时。
这使得五百万人口的大都市加了花边，

而战争的炮火居然为之沉寂。

……就这么着，故事忽告结束，
却罚我写了一辈子的诗；
而我的诗总是涩涩的，酸酸的，
给人以够涩够酸的番石榴感。

# 影 子

那边，人们挤着，而影子们重叠着：
一个遮着一个，而又被另一个所覆盖，
很少露出些边缘来。

这样，投影者的存在，便无从加以证实了。

我也投出了我的修长如一槟榔树的影子。
我让它有一个轮廓，清清楚楚，
可以用剪刀剪下来，贴在 ALBOM 上。
就像剪贴的一样，我的影子。

因为我是不大欢喜热闹和站得远一点的。

# 四月的沉醉

良久良久地注视
她亭立在花前
我不晓得她叫什么名字
我只喊她四月的沉醉

音乐般地笑了笑
然后舞俑般地离去
爱玫瑰的少女
玫瑰般的完美
中国绸缎似的玫瑰
巴黎香水似的玫瑰
而又作世界小姐之姿的玫瑰
一存在之至善
一至善之沉醉

我沉醉于玫瑰
我沉醉于爱玫瑰的少女
我沉醉于四月的沉醉

正如玫瑰为了少女而开
诗人也是为了玫瑰而死
此外一切不为什么
这就叫作纯粹

# 一封信

像失手打错一张牌似的，
我寄出一封信。便输了全局啦：
输了这一辈子，这两撇很帅的小胡子；
连这些诗，也一股脑儿输掉。

别问她是谁了吧！我是输家。
不过，偶然，我也曾这样想：
要是把地名写漏掉几个字那多好……
总之，不该贴上邮票，投入邮筒。

# 新秋之歌

八月无诗。而我有海豹的梦。
如今九月来了。我多喜欢，我多喜欢，
像这样的薄凉，像这样淡淡的秋意。

我可以落几片发的叶子，从我的半仰着的头上，
然后回忆一小段的往事，哼两句无名歌，
低低地，而且怪萧飒的，像一株落叶乔木。

是的，我是如此高大：我是属于梧桐科的。
所以我的调子，到了秋天，总带些儿伤悲。
而这是我喜欢的，我喜欢唱使人流泪的歌。

我唱的是梧桐叶落。梧桐叶落。
而凤凰，凤凰呀，你怎么，怎么还不，
还不起飞，还不起飞呢？……

# 等　级

　　猫眼：一灰色之画面。深些和浅些而已。故我的绛色的新领带，狸奴老是把它看得和一条黑的差不多。而他也不晓得他那善歌的，雌的，狐狸般狡黠的异性之对象，竟是漂亮得有如一客三色冰激凌哪。

　　惟狗亦然。既无所感动于塞尚的苹果，亦不发生兴趣于凡·高的向日葵。至于波特莱尔请其爱犬闻嗅巴黎香水之举，则尤其是一桩令人笑痛了肚皮的傻透了的傻事。唉，这世界，在他们看来，总是一律的灰色；而亦不觉其单调。怪哉！

　　而人目，除瞎子与色盲患者外，莫不是具有伊士曼天然彩色摄影机之性能的。单说紫、蓝、青、绿这一族类，就有数千万种；黄色和橙色，至少也有好几百；而红的更多。所以用殷红画苹果的塞尚万岁，用金黄画向日葵的凡·高不朽，还有用棕色画塔希提女人的哥更也很伟大，很了不起。我学画不成，惭愧得很。但是我的诗篇，实在是充满了色彩的。而此即人之所以为万物之灵的一个凭证——乃是上帝所赋予的。

　　那么上帝的视野又是怎样的呢？这个，我不知道，也不敢

146

说。不过，我还是可以想象那不可想象的至极奇妙与无边华美的结构之不可知，以一个诗人的身份。而任何人或超人的肉眼则无法看见他所看见的，正如我的猫之不可能了解我对一半开了的玫瑰之注视何以如此之良久。

# 狼之独步

我乃旷野里独来独往的一匹狼。
不是先知，没有半个字的叹息。
而恒以数声凄厉已极之长嗥
摇撼彼空无一物之天地，
使天地战栗如同发了疟疾；
并刮起凉风飒飒的，飒飒飒飒的：
这就是一种过瘾。

# 人　间

那些见不得阳光的，
给他一盏灯吧！
那些对着铜像吐唾沫的，
让他也成为铜像吧！

而凡是会说会笑的
洋囡囡似的可爱的小女孩，
请抱着丑小鸭米老鼠和狗熊
走进我的春天的园子来；
只要你不是塑胶不是尼龙，
也不是赛璐珞做的，
就可以吃我树上的番石榴。

## 番石榴树之死

一点一点的死，
些微些微的死，
不知不觉的死，
无声无息的死，

十分缓慢，
从秋到春，
叶子，一片片地黄落，
枝条，一寸寸地枯干，
以长达半载的岁月，
逐渐逐渐地死。

雨后，枝头残留着的数叶
犹带几分绿意——
看似正在垂垂死去，
也像还有一线生机。

但是我的祷告
未能上达天听，

我手植的番石榴树

终于不再摇曳。


而这迟迟的死，

较诸快速的死，

不更难以忍受和令人流泪么？

啊啊我手植的番石榴树：

愿你的灵魂

在上帝的花园里

得到平安！

而我是再也尝不到

你那世界上最美味的果实；

亦再不能轻抚你身段的苗条，

把我这内心的寂寞低诉。


一点一点的死，

些微些微的死，

不知不觉的死，

无声无息的死，

一片片，一寸寸，

逐渐逐渐的死，

垂垂的死，

迟迟的死，

而终于死了的番石榴树啊……

# M 之回味

赠我以一小串的茉莉花。
一小串。一小串。一小串的。
非洲土人木偶雕刻似的，
有一种神奇的美：

那么黑，那么瘦小，又那么干瘪；
憔悴得
像一截枯枝。

还很香，很诱惑，很有风度的哪！
六月的马尼拉
迈着茉莉花一般小小的步子。
而翌日……不，到七月，遂成为
至极高贵的象牙色的了。

# 稀金属

没有故事。没有场面和高潮。
沉默着又沉默着的
不是不表露的爱情，
不演奏的小梅奴哀特，
不跳的舞，不唱的恋歌之类；
而是一种禁止开采的稀金属——
连一小块的矿石都不许展示的

整个埋藏量的神圣。

# 为蜥蜴喝彩

我欣然浮一大白而这不为什么的欣然之故
并不是过生日也不是成了诺贝尔奖金得主
或有个漂亮的妞儿给我送了花来 etc.
我举杯一饮而尽一面注视着那蜥蜴
失去了尾巴却不残废的那壁虎
把一只比他头部大上两三倍的扑灯蛾
好容易吞下肚去的吃力而动人的表演
而笑了一个微笑和喝了一声彩——
那是咽，咽，咽，咽了好几回才咽了下去的。
可怜这会飞的美丽的小东西
竟成了比他低一级的丑类之晚餐！
这使我想起来人类与爬虫不晓得究竟
谁是更快乐的；而达尔文与爱因斯坦
也不晓得究竟哪一位更伟大些。
因为每个晚上，饥饿的蜥蜴在纱窗上狩猎
和贫困的我用钢笔在稿纸上疾走是等价的；
而当我光着身子的时候我的形状
实在也并不比他的来得高贵些。
但他永远不能读我的诗和倾听我的朗诵

正如神在四度、五度、六度乃至 N 度空间的活动
永远不是像我们这种可怜的三度空间的生物
所能想象的这一点倒是个真理。

所以我总爱在不做梦的深更半夜斟一小杯
对着暗绿色的空虚的纱窗耐着性子等，等，
等着瞧那水泥色的无尾守宫主演的戏：
这比看人家颁奖、授勋、加冕或是竞选什么的
不有趣得多了，有趣得多了吗？

# 过　程

狼一般细的腿，投瘦瘦、长长的阴影，在龟裂的大地。

荒原上
不是连几株仙人掌、几棵野草也不生的；
但都干枯得、憔悴得不成其为植物之一种了。
据说，千年前，这儿本是一片沃土；
但久旱，灭绝了人烟。

他徘徊复徘徊，在这古帝国之废墟，
捧吻一小块的碎瓦，然后，黯然离去。
他从何处来？
他是何许人？
怕谁也不能给以正确的答案吧？
不过，垂死的仙人掌们和野草们
倒是确实见证了的：

多少年来，
这古怪的家伙，是唯一的过客；
他扬着手杖，缓缓地走向血红的落日，

而消失于有暮霭冉冉升起的弧形地平线，
那不再回顾的独步之姿
是多么的矜持。

## 冬天的诗

木芙蓉的叶子，
一片片地黄落：
飒飒，
萧萧，
寒流下。

我也是属于落叶乔木之一种，
从不作常青树状。

# 倘若我是

倘若我是一只孔雀，一只蝴蝶，
我想我不会不知道我是多么的可欣赏，
可以制成标本和值得一画的。

倘若我是一只蟑螂，一头猪，一条蛇
或任何一个丑恶的存在，可诅咒的，
那么，让我快快毁灭，毁灭得干干净净，
别教这难看的形象投其阴影于那些
风景，那些花：弄脏了一切美的。

倘若我是一棵树呢？
我就在这大地上生根吧。
倘若我是一朵云呢？那太好了！
我将以冉冉之姿，悠悠飘逝。

可是我是一个诗人。
我不过是一个诗人而已。
诗人能做什么？——
戴桂冠吗？拿奖金吗？

不。除了饮酒，想诗，用粗话骂人
和在这个世间受苦。

# 火焰之歌

那些是楔形的火焰，菱形的火焰。

那些恒作楔形菱形而自一圆锥体之底
冉冉升腾，升腾，升腾至一相当高度，
由赤红而转白，而发绿发青遂告猛烈燃烧
直上顶点的火焰是不可扑灭不可压抑的。

但这不是一场内在自发的
火灾而已：不蔓延开去，不波及什么。
所以警察与消防队的介入是多余了。

而这火灾是既华美又神奇。
要是缺少了这个，则所谓的圆锥体
就也不成其为几何之一种了。

然则升腾并燃烧起来吧！
楔形的火焰啊，菱形的火焰啊，
自我的生命之华美的内部，
自我的生命之神奇的底层。

# 看风景的

我老是喜欢站得远一点儿的。
远远地离开着。这样，我就可以
看山，
看海，
看那些风景。

是的，我乃是个看风景的。

也看人，看人性，
看灵，
看肉，
看那些圣贤多寂寞。
总之，看那个锥圆体；看那些火焰
恒作楔形与菱形的
冉冉升腾。

而我是什么样的帽子都不高兴戴。
不穿燕尾服，不戴大礼帽。
不戴呢帽，不戴草帽，不戴纱帽，

或是鸭舌帽，土耳其帽，法兰西帽。

也不裹头巾。

也不戴斗笠。

也不戴桂冠。

就这么着让长发纷披如槟榔树的叶摇曳于

风中：萧萧，飒飒，瑟瑟……


所以我嘛，我乃是个看风景的。

（而也是风景的一部分，人家说。）


所以我总爱离远些，静静地看。

看着看着，我就蛮富于音色地哼起来了。

但是我是不唱流行歌的。

我也不需要乐队的伴奏。

既不采菊。

亦不垂钓。

不是谁家店员。

亦非鲲鹏之类。

## 墙上的小公主

墙上的小公主
虽然是用粉笔画的，
但是只要你能想象
她穿的是件红袍，
红袍上绣着牡丹花；
她戴的是顶金冠，
金冠上嵌着夜明珠；
她的眉眼多秀；
她说话的声音多美；
走起路来，
她的样子又是多么高贵，
她就活了，
她就走下墙来，
走进你的梦中，
向你微笑。
而你呀，你也就变成一个
骑白马的快乐王子了。

# 一元论

"别瞧着我青面獠牙奇形怪状的
不顺眼！"撒旦说："我也是上帝
造的。信不信由你，牧师们。……
当你们的教会尚未成立，
你们的教堂尚未盖好，在当初，
上帝早就给了我以无比之魔力
足以毁灭十万个安东尼的，使我
敢于和他作对，甚至造他的反，
乃是借以考验考验他的创世，
这既成的宇宙，一切万有，
究竟具有若何意义，若何价值，
够不够坚强的，算不算完美的；
诸如一朵玫瑰，一棵槟榔树，
一只孔雀，一尾热带鱼，一匹狼，
一个涡状星云，一块陨石，
一座灯塔，一条船，一具打字机，
一种酒，或一位诗人的眼泪——
那是当他自一无神论者之噩梦
忽然觉醒而皈依了上帝的瞬间
山泉一般汨汨流出来的。"

# 法海寺

法海寺的夕照，
葫芦形的白塔，
倒影于我小时候玩过的湖上，
绿杨深处宁静里带几分神秘。

天下美中之美景，
世界名画中之名画，
还能让我再看你一眼吗，
白塔啊，今生今世？……

　　后记：法海寺是扬州瘦西湖上名胜之一，我年少时常
去写生的，至今还保有一幅水彩，再穷困些也不肯卖，亦
不轻以示人。

# 五亭桥

五亭桥的风铃何其悦耳,
摇落了瘦西湖上的黄昏,
那种叮当最是令人神往;
还有那些朱红色的柱子,
抹以残阳多么的可怀念。

传说这是一夜造成功的,
乾隆皇帝下江南的当初。
不过桥的记忆已茫然了;
他只记得约莫四十年前,
有个少年常爱散步于此。

　　后记:五亭桥也是瘦西湖上的美景之一,筑于湖面最宽之处,上有五亭,故名;而亭角之风铃,最是令人难忘的了。

# 活　水

那是个假的嘛——算一种
人造花好了。不！那是个
死的：一种标本而已。
一种欺骗。一种诱惑。
一种自以为很不坏。
什么禁果——智慧树上
结的？蛇被上帝罚他
永远用肚子贴地行走。
而响尾蛇的铃摇着；
眼镜蛇直立起来。
就这么着，你被火葬了：
像一羽丹凤，作冉冉之姿。
啊啊老友！你日渐升华的
灵魂，究竟晓不晓得
我之所以终于生了你的气
也不过为的是我手里拿着的
这个大理石的杯是真的；
而其所盛

　　　　皆为活水。

# 致春山

若非淫雨又淫雨，
像这样苗苗条条的二三月，
我为何说她不可爱呢？

况有盛开的樱花在日夜等着我，
而杜鹃也摆好了她们动人的姿态，
朵朵，株株，无不可以入画。

可是山啊，你秀绝的诸峰，
刚刚现出了一点儿轮廓，
怎忽又消失了那青翠？

啊，多年的知己，可望的春山，
想必早已猜透了吧，
我心中藏着的一句话……

## 连题目都没有

其实我是连月球之旅也不报名参加了的，
连木星上生三只乳房的女人亦不再想念她了，
休说对于芳邻 PROXIMA，
那些涡状的银河外星云，
宇宙深处之访问。

总得有个把保镖的，
才可以派他到泰西去——
怕他烂醉如泥，有失国体。
就算他是个有点儿才气的吧，
倘若搭错了飞机可怎么办呢？

# 酩酊论

好像擦根火柴
便可将他烧成灰烬似的：
他一身酒香，老远的，
那气味就随风而至了。

不！你应该这样说：
每一静脉与动脉里流着的
都是高粱大曲和威士忌。

唉唉！我吗？
我只是在我自己心爱的
高脚杯中漂洋过大海
而终于触礁沉没了的
一只小小的纸船而已。

## 《酒人之祷》其二

让我夜夜关起门来
在我自己的高脚杯中漂洋过大海
而不被新闻记者拍了照片去
又加油添酱的上了花边新闻
弄得我狼狈不堪怪不好意思的，
这便是我最大的快乐了，今天。
做一个国王怕被人行刺。
做一个圣贤又太寂寞了。
然则戴一顶桂冠，
做一个诗坛领袖怎么样？
不。不。算了吧，上帝啊！
那是最令人看了眼红，
最易于遭人暗算的；
说不定还要教你失业，
教你没地方发表作品，
教你死无葬身之所——
古今中外，有诗为证。
所以我说，让我自斟自饮，
自己哼歌给自己听，

拥威士忌空了的瓶子而起舞，

把一切忘怀，

这不就是一切了吗？

# 总有一天

总有这么一天，
我的主治医师
会对 ma femme 说
他的病人
已无须禁忌什么了。
则我将笑他几声
孩笑；然后欣然出现于
朋友们为我举行的
饮者大会，
并高声吩咐侍者：
给我拿大杯来！
拿坛子来！
拿海来！
拿全宇宙来！

# 我的梦

再没有比一首四行诗的第三行的第一个字

更重要的了，在这个一点儿也不重要的世界上，我想。

较之那些纱帽，勋章之类的，

我宁可作无偿之苦吟以终老。

所以我的梦是很单纯：只重复一则故事。

惟有那些杯子、瓶子、坛子

各种形状的、各种颜色的、各种质料的

以及各种商标、各种牌子、各国各地各年代制造了的

变来变去而已。……唉唉，而已。

# 凤凰木狂想曲

这里一棵，那里一棵，

宛如一簇簇的火焰，

散布于嘉南大平原的凤凰木啊，

你是树中之树，花中之花，

你是宝岛之宝，亚热带的骄傲。

我最最喜爱的，

我最最欣赏的，

我最最陶醉的，

啊啊可亲吻的，可拥抱的

凤凰木！


像一种奇妙的诗思；

像一种乐想——

一种狂想曲之狂想：

如此热烈，如此豪华，如此明快。

杰作！杰作！上帝的杰作！

凤凰木啊，要是少了你的话，

南部就不成其为南部了；

要是少了你的话，凤凰木啊，

我又为何而欣然南下呢？
说吧！艺术品一般的
凤凰木。

看来你是一种落叶乔木，
但比那些大树矮得多了，
高是并不怎么高的，
然而这才合乎中庸之道。
你的花色非红，非朱，非赤，
亦橙，亦橘，亦榴，
无以名之，名之为火色。
而你那工细的羽状对生叶，
可说是一种纯粹的绿。
这绿，给人以温暖之感，
令人看了打心眼儿里舒服，
不似那苍绿得没劲的老榕，
恒使我兴起太多的忧郁。
啊啊可亲吻的，可拥抱的凤凰木！
艺术品一般的凤凰木！

总之，你的花叶与枝干，
都各有其"部分"的美；
而你那"全体"之构成，
是一种生命的燃烧。

噢对了，我也是一个生命。

凡生命不都是应该燃烧的么？

我将熊熊地燃烧。

我将大大地燃烧。

我将静静地燃烧。

啊啊！烧吧烧吧凤凰木！

# 黄金的四行诗

——为纪弦夫人满六十岁的生日而歌

1

今天是你的六十大寿，
你新烫的头发看来还很体面。
亲戚朋友赠你以各种名贵的礼物，
而我则献你以半打黄金的四行诗。

2

从十六岁到六十岁，
从昔日的相恋到今日的相伴，
我总是忘不了你家门口站着玩耍的
那蓝衫黑裙的姑娘最初之印象。

3

我们生逢乱世，饱经忧患，

而女子中却少有像你那样的坚强。
我当了一辈子的穷教员；
夫人啊，你也是够辛苦的。


4


每个早晨，老远的看见你
拎着菜篮子缓缓地走回家来，
我一天的工作就无不顺利而快速
——一路上亮着绿灯。


5


我们已不再谈情说爱了，
我们也不再相吵相骂了。
晚餐后，你看你的电视，我抽我的烟斗，
相对无言，一切平安，噢，这便是幸福。


6


几十年的狂风巨浪多可怕！
真不晓得是怎样熬了过来的？
我好比漂洋过海的三桅船，
你是我到达的安全的港口。

后记：此诗初稿于一九七三年六月二十八日，六月三十日修改完成。七月一日，我太太过生日，于中午全家聚餐时，我当着女儿、媳妇、儿子、孙子、孙女共十二人的面，朗诵了一遍，并把原稿呈献给她，可说是天下最高尚的寿礼了。

# 星期二的预感

星期二，早餐后，
擦第一根火柴的预感是：
还有的是明天；
还必须接受更多暴风雨的考验
和写更多带咸味的诗。
而卡路里足够。
于是牵狗出去散步。
一路上吹着口哨。心想：
再来他一个三级跳怎么样？
……